UNMASKED WRITINGS:
MUTED VOICES

HISTORIAS DESCONFINADAS:
VOCES ACALLADAS

Preface/ Prefacio

As I write this at the library, mask on, glasses discarded after losing their battle with the steam, I cannot help but wonder: 'How often can we become conscious we are part of history? How often can we identify a present moment which humanity will remember forever?' The current Covid-19 pandemic is one of those historical milestones, one we get to witness from within. The pieces written by the writers and translators in this collection zoom in and out of our hearts and minds as we experience this unprecedented reality. What better means to express, to translate, to give an account of what we are going through than art? When later generations study this at school –which will probably be entirely virtual-, when historians and anthropologists try to explain what we went through, when any person in the future wonders what life was like 'back then', I am sure they will turn to films, plays, songs, poems, short stories, and any artistic expression for a full and true account of what it meant to live in the time of the 'the virus'.

The texts in this collection explore our feelings, thoughts and actions in a time of sporadic and yet eternal lockdowns. As the walls grow smaller, the voices begin to look into their inner selves and grab an anthropological magnifying glass to observe how reality has changed with the pandemic.

Plans to make the most of the new free time turn into a kind of frustration and guilt when all we do is stay in our bed or on the couch. A bitter-sweet tenderness arises as we realise we are to face our pain and loneliness accompanied only by someone on a screen. We come to value things, however small, that for a long time we had been taking for granted: a hug, a visible smile, holding hands, a drink at the pub, but also an appreciation of the world around us. As the skies clear, we cherish the various shades of green, endless cyclic sunsets, rows of roof tiles, a new possible route in our daily walk. Even furniture and rooms become protagonists as 'indoors' is now our only habitat. Meeting family or close friends out on the patio becomes subject to tough moral and ethical tests which we seem to be on the verge of failing every time as the invisible enemy may be sitting at the edge of a cracker or at a droplet travelling at the speed of a sneeze. To eat or not to eat, to meet or not to meet, to speak or not to speak, all underly new uncovered moral dilemmas raised by the virus. The unprecedented entails an ever-growing uncertainty visible in tongue-twistingly intricate political measures, uncertainty in relationships, in protocols, in personal plans, in memory, in language.

These talented writers have given way to dystopic, sketching, cathartic, self-referential, questioning, tender and poetic voices. Each of them a brush painting a vast canvas in which emotions and thoughts are restructured as a result of experiencing the 'new normality'; experiences with which the contemporary reader of this collection can easily identify.

Quienes se acerquen a este libro, encontrarán también las traducciones al español de cada uno de los textos originales, reflejos combados de las historias que germinaron en los teclados de los autores, regados de ausencias en los eternos meses de encierro de 2020. Como señalaba Umberto Eco, traducir es decir casi la misma cosa. Ese casi es, sin embargo, un término flexible, de largo aliento, que abraza múltiples enfoques y aproximaciones al texto de partida. Todas son bienvenidas en las traducciones de esta colección. Unas se pegan al original casi como una segunda piel que se funde con la anatomía del relato para latir a un mismo ritmo. Otras horadan el texto para insuflarle aires nuevos que lo revitalizan y lo desengranan, siquiera ligeramente, de los ejes sobre los que pivotaba la historia. Por último, algunas traducciones cartografían el texto fuente, lo deconstruyen, lo recomponen y nos descubren nuevas dimensiones que, en una parábola irónica y espléndida, nos acercan un poco más a la obra original y su sentido profundo.

Sea como fuere, la traducción tumba las barreras de la escritura monolingüe y da nuevas vidas al texto, permitiendo que circule libremente en espacios más amplios, mezclando dos lenguas para que ambas historias se nutran mutuamente en una simbiosis que las hace únicas en sus semejanzas. Traducir literatura es navegar una yuxtaposición constante de sustantivos: es esfuerzo y creatividad, ingenio y sistematismo, trabajo y pasión, libertad y contención.

Y también es arte; un arte que los traductores noveles que han participado en esta colección han demostrado inspirar y expirar a una edad muy temprana. Gracias a ellos y gracias a los autores, podemos hoy asomarnos a un abanico poliédrico de historias que, por separado, son un relato de la intimidad, de lo cotidiano, de la introspección, pero que, en su conjunto, trazan un mapa de la distancia, de la soledad, de los abrazos rotos y los lazos segados, pero también de la esperanza en tiempos de pandemia. Os invitamos pues a que abráis todas estas ventanas para mirar, no hacia fuera esta vez, sino hacia dentro: hacia esa uniformidad sentimental, esas identidades difuminadas y esas vidas en pausa que nos trajo lo impensable.

Antonela Pallini-Zemin,
project liaison coordinator, Norwich

Bruno Echauri Galván,
coordinador del proyecto, Alcalá de Henares

2021

Contents

Lady Time
Molly-Rose Medhurst   **10**

La dama del Tiempo
Molly-Rose Medhurst
translated by Ana Sánchez Asenjo   **18**

Silences
Michaela Vitagliano   **26**

Silencios
Michaela Vitagliano,
translated by Sonia Herranz Martínez
and Salomé Torres Vargas   **44**

Unmask Me
Denise Monroe   **64**

Desmascárame
Denise Monroe
translated by Paula López García
and Olivia Serret Sanz   **72**

Lady Time
Molly-Rose Medhurst

Lady Time prepares to head out: she wraps her favourite headscarf around her head, dark blue, orange yellow and deep red, and pins the waxed cotton in place. She checks in the curved mirrors by the door for any loose edges and then heads out, leaving the Ombre people with little way to tell when day sifts into night. That's how the pandemic first introduces itself, through a closed door.

Mum drains the spaghetti, rocking the colander back and forth. She swings her hips out of time to the rhythm of a song in a language she doesn't speak, her long dreads spinning against the rumble of the music. Quickly lunging to the left and right, she snatches butter and a little spritz of lemon into the fray. Across the room, about a metre away, Yvette's propped up on the kitchen counter, absentmindedly breaking up sugar snap peas and nibbling on half of each one. Occasionally, she'll stop to drum on the countertop or throw her mother the tongs.

Chaos.

Cue Random Outburst No.1 of the day— 'This song,' says Yve slowly. Mum turns around to face her daughter, who does not finish the sentence.

Mum wheels her hand in a small circle, gesturing for Yve to continue. "What about it?" she prompts eventually.

"Huh?" Yve says, raising her eyebrows; the rest of her face gormless, not yet shifted to attentiveness, as if a small child had just prodded the surface of her daydream with a chubby forefinger.

'What about this song?' Mum repeats, 'Oh, fuck, lemon juice's got in that papercut from earlier."

'This song—its sounds like lemons being squeezed,' Yve says.

Mum simply glares at Yve, attempting to squeeze the lemon juice out of her cut. 'Pass the sauce,' she says brusquely.

'It does. Not literally though,' Yve says, sucking a bit of sugar snap pea out from between her teeth.

Yve passes her mother the thin, creamy sauce. She flings it over the spaghetti and catches it in another small bowl. If there's one thing you need to know about Yve's mum, it's that nothing can go to waste: that sauce will most likely be used to make pasta faintly edible for the next week and a half. Milk will be topped up with water to get the last bit out of the carton; conditioner bottles will be diced into a million pieces to eke out the remains; mould spores will be hacked off bread at least three times before it can be chucked in the compost. It's a matter of principle. Yve had her first finger chopped off because she didn't scrape every last morsel of jam out of a jar before giving it to her to pop a plant in. (Just kidding; you shouldn't believe everything you hear about the Ombre 'devils'.)

Mum carries the enamel pot of pasta out of the room through the back door, turning off the music. Mum and Yve both begin to sing out of tune in what Yve's younger sister, Mallory, used to describe as 'big disaster noise'. She always used to beg Mum to stop when she started singing in shops, telling her cats would soon become an extinct species if she kept launching them at the wall.

Mum and Yve emerge into the garden, a small clearing of weeds with spindly white trees rimming the edges (at the top, they break out into glorious, yellow heads of leaves). Dad crouches by the fire in the centre, gently twisting a red mullet over the flames. Jeanne, Yve's older sister, talks earnestly to their neighbours over the fence, from a safe two metre distance of course.

The casual conferring of 'Crazy times we're living in.' 'Completely unprecedented, yeah.' 'They given the hospital masks yet?' 'You might as well ask if they've given us any reparations.' 'Ha, good one.'

All the standard small talk in the time of Generavirus.

When the two enter the garden, Jeanne wraps up the conversation and says farewell, with wishes for their continued resilience. Yve perches on the ground beside Dad, smoothing some weeds so they're out of the way, still singing. Mum doesn't follow, silhouetted by the shabby bungalow behind her. She mouths something to Jeanne and Jeanne shakes her head and hastily collapses beside Yve. Mum's shoulders cave into her chest, her smile falls limp to the ground. She shuffles to the fire with her head lowered, flopping beside Dad and leaving a wide berth between herself and her eldest daughter. Dad divides the fish between slabs of wood slowly and methodically. Yve's singing peters out.

'So, how's everyone's day been? Food looks great, Ma,' Jeanne says, handing round flimsy plastic cutlery and dishing up pasta.

Mum doesn't react, but Jeanne is preoccupied by Yve's suspicious squinting, looking her up and down. 'What d'you want?' she says, rolling her eyes and flicking her twists the other way as she hands Dad a makeshift plate.

Cue Random Outburst No.2 of the day—'You look funny.'

Objectively speaking, Jeanne does look funny, in the sense that this isn't her usual attire—ripped jeans and a plain black tee scuffed with mud and dust. Her typical dress would mimic what the others are wearing: thick clothes designed for warmth, with as many clashing patterns as physically possible.

'Trying to blend in with those white girls, eh, Jen?' Dad says, grinning. Jeanne physically bristles at the sound of the nickname her white friends from town have awarded her. Before she can rebuke him, he adds, 'Can't forget these, though,' and points to the three brown spots across his face, which distinguish them from the white townspeople they interact with.

'Thank you for reminding me,' Jeanne says sharply, shovelling spaghetti and fish into her mouth.

Usually, Mum would tell Jeanne why she should be grateful to be Ombre. She might throw in something about whether Jeanne thinks it's appropriate to speak to her father that way. Mallory would probably have shaken her head at Jeanne disapprovingly, who would struggle to stay irked when her little sister joined in the chastising. Mall liked to intervene, partially because she took a certain pride in being obstinate (and being stubborn in a room full of her white classmates meant being Fiercely and Unabashedly Ombre, whatever that's supposed to mean, something she took with her everywhere) and partially because Mum has a way of casting a couple of choice words and hexing you into submission.

Now, Mum simply starts to hum the song from earlier again. She doesn't even notice Yve dangling pasta over the fire, making a concerted effort not to look at either Dad or Jeanne. Winding the drippy spaghetti round her fork until it's tightly bound to the implement, Yve then gently loosens it, fork rotation by rotation, so that flames lap the end of the strand.

Dad cuts the pasta into sections. There is a moment. Mum is motionless, slumped on the ground; Jeanne fidgets and scowls. Only Dad looks content, making quiet noises of appreciation at the food. Yve exhales.

Her breath constricts when Dad tries again, 'Don't think you could wear something a little less – basic?'

Jeanne scoffs, blowing air out of her nose and turns incredulously to Yve for support. When Yve ignores her (it's not worth interjecting, there's no winner here), she bends away from the fire, sighing once more. 'I don't know why I bother trying anything new, when you're all stuck in the bloody dark ages,' she grumbles.

Dad drops his fork and lets it clatter to the floor. He wipes his hands on his green zigzag trousers. All they can hear now is Mum humming that song. Her eyes are glazed over. To others, she might look as if she's staring off into the distance, beyond the trees and the fences and maybe even to the ratty corner shop over the road owned by two kind, elderly Ombre women and their son.

Dad asks if Jeanne needs to be reminded that some traditions remain timeless. The white man is envious of this quality and so, over the years, has stolen them and rebranded them in pastel colours to suit a white palette. Other traditions deserve to be forgotten. Dad's fingers are dug into the soil. Jeanne says she has no idea what this has to do with her fucking clothes. Dad says that if she's not wearing their clothes, then clearly she must be hiding something. Maybe she doesn't want to confront her identity—what even is her true identity, what kind of pretentious bullshit is all this rambling on about indigeneity when no-one can even tell her what it is—and he's *telling* her that part of her identity is the fact that how she presents herself to the world is a reflection of her inner self and she should know not to mess with her appearance. Jeanne rakes a hand through the weeds in frustration, dragging them up the roots, about to yell something back.

Cue Random Outburst No.3 of the day— —Ma, is Mallory gonna be having tea with us tonight?'

Dad and Jeanne stop bickering.

'I struggle keeping up with all the changes,' Yve explains.

Mum shoots to her feet and then sways, arms spread out as if trying to steady herself. No-one makes a move to help her. She twists to the left and right, searching for something, and then thumps to the ground again.

'Let's not talk about it right now, Yvette,' Dad says, biting his lip. He's not looking at Yve, but instead focusses on Mum, taking hold of her hand.

Yve leans back so that she is lying flat on her back. She lets out a sigh. 'Why do we never talk about anything proper?' she says.

Jeanne reaches across to take Yve's hand, squeezing the limp fingers. She arranges an origami smile on her face, but that crumples fairly quickly.

'Don't—don't panic, Yve, but Mallory's been taken. You know how Ombre kids have been going missing since the virus started spreading? Well, she's one of them.'

Lady Time sits cross-legged in the circle. She is shivering. Her smooth, unblemished skin starts to crack by the left corner of her mouth. These cracks break out all over her face, creep down her neck and surface on every inch of her skin, as if an ice-pick were hastily chipping away at a sculpture. She comes apart, leaving the family without any sense of her presence.

La dama del Tiempo
Molly-Rose Medhurst
translated by Ana Sánchez Asenjo

La dama del Tiempo se dispone a partir: se enrolla alrededor de la cabeza su pañuelo favorito, azul oscuro, amarillo anaranjado y rojo intenso, y fija en su sitio la tela de algodón estampada a la cera. En los espejos curvados próximos a la puerta comprueba que no ha quedado ningún extremo suelto y después se marcha, dejando al pueblo de los ombres con poco margen para diferenciar cuándo el día se tamiza en la noche. Así es como la pandemia se presenta, a través de una puerta cerrada.

Mamá escurre los espaguetis sacudiendo el colador de un lado a otro. Mueve las caderas a destiempo al ritmo de una canción en un idioma que no habla. Sus largas rastas giran contra el rumor de la música. Se precipita de derecha a izquierda con rapidez y agarra y añade mantequilla y un chorrito de limón. Al otro lado de la cocina, más o menos a un metro, Yvette se ha encaramado a la encimera y, con aire distraído, rompe unos tirabeques y mordisquea la mitad de cada uno. A veces, se detiene para dar golpecitos sobre la encimera o lanzarle las pinzas a su madre.

Caos.

Señal de Arrebato Inesperado n.º 1 del día: «Esta canción», dice Yve lentamente.

Mamá se gira para mirar a su hija, que no termina la frase. Agita la mano haciendo pequeños círculos, un gesto para que Yve continúe.

—¿Qué le pasa? —le apremia al fin.

—¿Eh? —dice Yve levantando las cejas. El resto de la cara sigue atontada, aún no muestra atención, como si un niño pequeño acabase de atravesar la superficie de su ensoñación con un índice regordete.

—¿Qué le pasa a esta canción? —repite mamá—. Ay, joder, se me ha metido zumo de limón en el corte que me hice antes con un papel.

—Esta canción… suena como los limones cuando los exprimes —responde Yve.

Mamá se limita a fulminar con la mirada a Yve mientras intenta exprimir el zumo de limón del corte.

—Pásame la salsa —dice con brusquedad.

—Es verdad. Aunque no literalmente —comenta Yve mientras se saca un trozo de tirabeque de entre los dientes.

Yve le da a su madre la salsa líquida de nata. Ella la echa sobre los espaguetis y recoge la salsa sobrante en otro cuenco pequeño. Si hay algo que debéis saber sobre la madre de Yve es que no desperdicia nada. Lo más probable es que esa salsa se use para preparar pasta apenas comestible durante la próxima semana y media. A la leche se le añadirá agua para aprovechar hasta la última gota del cartón. Los botes de acondicionador se cortarán en millones de trozos para apurar los restos. El moho se rebanará del pan al menos tres veces antes de que se pueda arrojar al compost. Es cuestión de principios.

La primera vez que le cortó un dedo a Yve fue porque no

rebañó hasta la última pizca de mermelada del tarro antes de dárselo para sembrar una planta. (Es broma. No deberíais creer todo lo que oís sobre los «diablos» ombres).

Mamá apaga la música y sale de la cocina por la puerta trasera con la pasta en una cazuela esmaltada. Mamá e Yve empiezan a cantar desafinando lo que la hermana menor de Yve, Mallory, solía describir como «un gran ruido desastroso». Siempre le rogaba a su madre que parase cuando comenzaba a cantar en las tiendas y le decía que la Tierra se acabaría llenando de gallos si seguía soltando tantos.

Mamá e Yve salen al jardín, un pequeño claro de césped con árboles blancos y larguiruchos que lo bordean (en las copas, se expanden formando gloriosas cabezas de hojas amarillas). Papá está agachado cerca del fuego, en el centro, mientras hace girar un salmonete sobre las llamas. Jeanne, la hermana mayor de Yve, está enfrascada en una conversación con los vecinos, separados por la valla y con una distancia de seguridad de dos metros, por supuesto.

Intercambios triviales:

—Qué época más rara nos ha tocado vivir.

—Ya ves, sin precedentes.

—¿Han repartido ya las mascarillas del hospital?

—Ya puestos, pregunta también si nos han dado alguna indemnización.

—Ja, esa es buena.

La típica charla en tiempos de generavirus.

Cuando las dos llegan al jardín, Jeanne pone fin a la conversación y se despide deseándoles que se mantengan fuertes. Yve se sienta en el suelo al lado de papá tras apartar algunas hierbas mientras sigue cantando. Mamá no la sigue. Su silueta resalta contra el bungaló desvencijado a su espalda. Articula algo con la boca; Jeanne niega con la cabeza y se apresura a desplomarse junto a Yve. Mamá hunde los hombros hasta el pecho, su sonrisa acaba por los suelos. Arrastra los pies hasta el fuego, cabizbaja, y se deja caer junto a papá poniendo tierra de por medio entre ella y la mayor de sus hijas. Papá reparte el pescado en los trozos de madera lenta y metódicamente. El canto de Yve se va apagando.

—Bueno, ¿cómo os ha ido el día? La comida tiene muy buena pinta, ma —dice Jeanne mientras distribuye la endeble cubertería de plástico y sirve la pasta.

Mamá no reacciona, pero Jeanne está más preocupada por la sospechosa e inquisitiva mirada con la que Yve la examina de arriba abajo.

—¿Qué mosca te ha picado? —pregunta poniendo los ojos en blanco y cambiándose de lado las trenzas mientras le pasa a papá un plato improvisado.

Señal de Arrebato Inesperado n.º 2 del día: «Estás rara».

Siendo objetivos, Jeanne está rara, en el sentido de que ese no es su atuendo normal: vaqueros rotos y camiseta negra básica manchada de barro y polvo. Su ropa habitual se parecería a la que llevan los demás: prendas gruesas diseñadas para el calor con tantos estampados y tan dispares como fuese físicamente posible.

—Con que intentando pasar por una de esas chicas blancas, ¿eh, Jen? —dice papá sonriendo.

Jeanne se queda rígida al escuchar el apodo que le han puesto sus amigas blancas de la ciudad. Antes de que pueda quejarse, papá añade:

—Pero no te puedes olvidar de estas —dice mientras señala las tres manchas marrones que tiene en la cara que los distinguen de los blancos de la ciudad con los que interactúan.

—Gracias por recordármelo —responde Jeanne cortante y se mete espaguetis y pescado en la boca.

Normalmente, mamá le diría a Jeanne que debería estar agradecida por ser ombre. Puede que dejase caer algo sobre si Jeanne piensa que es apropiado hablarle así a su padre. Es probable que Mallory hubiese sacudido la cabeza como signo de desaprobación hacia Jeanne, a la que le costaría seguir molesta cuando su hermana pequeña se uniese a la reprimenda. A Mall le gustaba intervenir, en parte, porque se enorgullecía de ser obstinada (y ser de ideas fijas en una clase llena de compañeros blancos implicaba ser una ombre con valentía y sin reparos —lo que sea que signifique eso—, algo que llevaba consigo a todos lados) y, en parte, porque mamá tiene una manera de soltar cuatro cosas y hacer que obedezcas como por arte de magia.

Ahora mamá se limita a tararear de nuevo la misma canción de antes. Ni siquiera se percata de que Yve está suspendiendo la pasta encima del fuego mientras se esfuerza por no mirar ni a papá ni a Jeanne. Enrolla el espagueti pringoso en el tenedor hasta que queda bien sujeto y luego lo suelta con cuidado girando poco a poco el cubierto para que las llamas alcancen el extremo.

Papá corta la pasta en trozos. Hay una pausa. Mamá no se mueve, está tirada en el suelo. Jeanne, inquieta, frunce el ceño. Solo papá, que hace ruiditos de apreciación por la comida, parece satisfecho. Yve exhala. Se le corta la respiración cuando papá vuelve a la carga:

—A lo mejor podrías llevar algo menos… ¿básico?

Jeanne suelta aire por la nariz a modo de burla e, incrédula, se gira hacia Yve en busca de apoyo. Cuando Yve la ignora (no merece la pena interceder, nadie va a salir ganando), se aleja del fuego con otro suspiro.

—No sé ni para qué me molesto en probar cosas nuevas, si os habéis quedado todos en la puñetera Edad Media—refunfuña.

A papá se le cae el tenedor y deja que resuene contra el suelo. Se limpia la mano en los pantalones con estampado de zigzag. Solo se oye a mamá tararear la canción. Tiene los ojos vidriosos. A otros les podría parecer que tiene la mirada fija en la lejanía, más allá de los árboles y las vallas, incluso más allá de la destartalada tienda de la esquina al otro lado de la calle que regentan una pareja de amables ancianas ombres y su hijo.

Papá pregunta si hace falta que le recuerden a Jeanne que algunas tradiciones son atemporales. El hombre blanco tiene envidia de esta cualidad, así que las ha robado y remodelado con colores pastel para que combinen con la paleta de los blancos. Otras tradiciones merecen el olvido. Papá ha hundido los dedos en la tierra. Jeanne dice que no tiene ni idea de qué coño tiene que ver eso con su ropa. Papá dice que, si no viste igual que ellos, está claro que esconde algo. A lo mejor es que no quiere aceptar su identidad —pero cuál es su verdadera identidad, a qué viene esa mierda de divagación pretenciosa sobre la indigeneidad cuando nadie es capaz de decirle cuál es—. Le dice que una parte de su identidad es que la manera en que se presenta al mundo es un reflejo de su interior y que debería aprender a no jugar con su apariencia. Jeanne peina la hierba con las manos frustrada, sacando las raíces, a punto de responder a gritos.

Señal de Arrebato Inesperado n.º 3 del día: —Ma, ¿Mallory va a venir a tomar el té con nosotros esta noche?—.

Papá y Jeanne dejan de discutir.

—Me cuesta quedarme con los cambios —explica Yve.

Mamá se pone de pie de un salto y se balancea con los brazos estirados, como si intentase recuperar el equilibrio. Nadie se mueve para ayudarla. Se gira a izquierda y derecha en busca de algo y, después, vuelve a dejarse caer sobre el suelo.

—Mejor que no hablemos de eso ahora, Yvette —dice papá. No mira a Yve, sino que está concentrado en mamá mientras le agarra la mano.

Yve se echa para atrás hasta quedar tumbada de espaldas. Deja escapar un suspiro.

—¿Por qué ya nunca podemos hablar las cosas? —se queja.

Jeanne se acerca a Yve para cogerle la mano, le aprieta los dedos sin fuerza. Fabrica una sonrisa de origami, pero se arruga con bastante rapidez.

—No…, no te asustes, Yve, pero se han llevado a Mallory. Ya sabes que, desde que el virus empezase a extenderse, los niños ombres han ido desapareciendo, ¿no? Bueno, pues ahora es una de ellos.

La dama del Tiempo se sienta en el círculo con las piernas cruzadas. Tiembla. Su piel tersa e impecable empieza a resquebrajarse en la comisura izquierda de la boca. Las grietas se le extienden por toda la cara, se alargan hasta el cuello y le cubren cada centímetro de la piel, como si un picahielo estuviese cincelando una escultura con prisa. Se rompe en pedazos y deja a la familia sin noción de su presencia.

Silences
Michaela Vitagliano

Ishi means "man" in the Yana language. It's an adopted name, given to the last known member of the Yahi people of California by an anthropologist. In Yahi culture, one cannot speak one's name until formally introduced by another Yahi.

Which when you stop and think about it, it is so very beautiful. The impossibility to speak of oneself without another. Or rather, one depends on another to speak on your behalf.

So, when asked his name, he could only say, simply: I have none, because there are no people to name me.

Ishi, his new name, served to fill this gap, but it could only cover the silencing of the Yahi people. It could never recover what had been lost.

* * *

The first few four months of the pandemic were especially lonesome. Isolated, I spent most of my time in monastic silence. A small ground floor bedroom with intermittent Wi-Fi, no cellular service, and just two others nearby became my home during the many months the pandemic raged on. Days melted into one another and time seemed to hold no meaning. It passed, yes, but mostly, like with the surrounding silence, it seemed to form an atmosphere I could not make sense of, could not grasp. As if I were not even a body, just something floating in silence-time with little contact and nothing to ground me. This changed, I suppose, when I began working my way through a Chinese poem written by Du Fu (712-770), a famous classical poet from the T'ang Dynasty.

Du Fu is best known for poems that bear deep longing for government service, but in his later years, living in a fringe area known as Kuizhou, menial tasks and the domestic sphere became the subjects of his verse. It was one specific poem, 課伐木, which I translated as "Woodchopping Task," that caught my attention, inviting reading after re-reading until I was compelled to offer a translation of my own.

* * *

—Do you speak Chinese?
—No, I'm sorry, I don't.
This answer—my answer—is one almost always attended by a hint of shame. For I was born in in Hunan Province, a place in which, interestingly enough, Du Fu spent his last moments.

Also, I look Chinese, so the thinking follows that I must know this language. Or know something of the culture. It shows up in pretty harmless ways most of the time: a cab driver will express his admiration at my English—no trace of an accent! Or someone will flirt with me by commenting on their love of Chinese food, no, to be fair, it is usually Japanese food, to which I ask what they like about it, they scowl, and then ask the question they were always intending to ask: *so, where are you from? Really from?*

But I've grown used to it. When someone says, *but you don't look American.* I'll laugh, perhaps even with a knowing wink and respond, well looks are deceiving! I suppose it was more complicated as growing up, surrounded by Italian family, culture, and language, I took myself to be Italian when no one else, upon first glance, would.

An anecdote, often told at dinner parties to laughter: when I arrive in China, people think I'm the tour guide for my parents. They turn towards me, speaking. I shake my head, explain I'm American and wait. But not for long. For their mouths open in shock and surprise when my father, who sports sky-blue eyes and a mustache, responds to them all in perfect Mandarin. When visiting family in Italy, however, my father speaks to our cousins in English, and on the phone adopts an Italian accent as if this would help foster communication. I'm not sure it does. So, then I speak, and again, mouths open in shock and surprise when it is I who responds in Italian.

It was only recently that I really embraced myself as Chinese—or Asian. I wonder if seeing myself as wholly Italian, which makes sense given my family and how I was raised, was also in part, a way to minimize the hurt from racist comments directed at me and simultaneously affirm the connection to my own parents. In second grade, I distinctly recall learning about China in a history class. The teacher showed photographs of contemporary Chinese people and used a stick to point out their straight black hair; their "almond eyes", which so scarring at the time, has ironically become the overused way for writers to represent Asians in their works. Name-calling and bullying led me to lie in bed at night, holding my eyes open very wide until they started to sting. Then, I would have erased all trace, if I could. And so, when the bullying started, I could dismiss the hurt because I could say to them, your words don't hurt me as I'm not even Asian. You've got the wrong one!

* * *

On a university summer trip in Italy, some friends and I decide to make reservations for dinner. I call and use my surname. It's a joy to hear it pronounced correctly, the *gli* silent. But when we arrive at the restaurant at 9pm, it is a friend who is tall with brown hair and tortoise-shell spectacles, who walks up and uses my name. As if, with my name and speaking, but his appearance, we might pass for Italian and gain the best table. A different silence.

* * *

Going to the grocery store in the first lockdown was a harrowing experience. Believing that everywhere this invisible virus could find a weakness in my handwashing routine, my mask, my long winter coat, my gloves. That somehow, if I didn't take every precaution, if I weren't aware enough, a small blunder could spell disaster. At this time, few wore masks, so mouth concealed and remaining silent, in a way, exposed me to attention.

On the way out, I hear: Chink! This word hurled at me from someone driving by who has purposefully slowed down and is thus holding up a few cars behind him. I suppose, even when covered, even when wearing a mask, or maybe because I was one of the few wearing one, I was not immune from racism. And it was easy to read in the glances of other concerned Tesco customers or ladies who would cross the street to avoid. For at that time, careless and dangerous rhetoric had allied this deadly virus with Wuhan, China.

* * *

But could I translate this poem of Du Fu's when I had no linguistic competence? What were the ethics behind this? These questions were particularly charged precisely because of my liminal status as a Chinese adoptee. Following the Italian phrase, *traduttore, traditore*, translating Du Fu's poem without knowing Chinese, then, would seemingly be the most treasonous act of all.

In fact, one might think of another non-Chinese speaking American—and infamous traitor. Prior to publishing his Imagist manifesto in 1913, Ezra Pound received Mr. Fenollosa's scholia and glosses of Chinese poetry. Mr. Fenollosa, for his part, had dutifully copied down comments made by Japanese professors on the Chinese language and it was this that allowed Pound to publish his translations in Cathay in 1915, much to the chagrin of Sinologists. He was unenthused about rendering precise meaning. Rather, Pound sought to use Chinese poetry as a basis for a new poetics, and in that vein, translated the poems according to his Imagist theories.

Thus, in contrast to the abstractions and verbosity of Western poetry, Pound found in the Chinese ideogram a poetics that prioritized concrete visuality. Red, for instance, in his understanding, was conjured by the combination of these pictures: iron, rose, rust, cherry, and flamingo. It is with this great admiration for the idea of Chinese language, and perhaps, with a complete lack of shame, that Pound 'made poetry new', popularizing Chinese poetry on a widespread level for English speakers, and ushering in another surge of Orientalist interest for the purposes of Anglo-American modernism. His translations, while not conveying the exact meaning, had found their admirers.

But I told myself, perhaps offering a humble translation of this poem, while acknowledging the translation was never meant to replace the original, was never meant to render it in any equivalence, could be okay. For really, I was working through the question: what can't be translated? As any reader of poetry knows much has to do not with the words given, but the silences and gaps. We know how a word so easily slips around the thing one actually wishes to say.

* * *

As I did not know my "mother tongue", I wondered if my translation then, rather than prove that nothing is untranslatable, could underscore the very question that translation must bear out which is: what is being translated; to what does a translation respond to and speak towards?

* * *

The ultimate silence, they say, is Death.

* * *

Consider how much trauma one accumulates in order to lose their mother tongue.

* * *

I think about the Tower of Babel. And I think today of how divided we are—not because of languages, but because of our thoughts and words that often don't allow the space to listen to others. Or in today's echo chambers and social media, how there is so little space to ruminate and reflect. The unceasing chitter-chatter. And I think, if only we could just understand each other better, to really try to listen, to want to understand… a word best rendered I think in French which can capture *entendement/entendre:* understanding to hear.

Yes, it is a special gift, those who silence themselves in order to hear the other. Something so necessary to overcome so much of what has been happening politically. But conversely, advocacy, speaking out and speaking up, calling out the inexcusable silences, this too must happen.

The beauty in difference is also what Babel could mean. To have multiple languages instead of one. I think too, of the times when words seemed to say no more, but that there was another language, another possibility, was hopeful. As words could only point at their own inadequacy, mar the purity of the unspeakable, perhaps before retreating to silence, one could simply speak in another tongue.

* * *

As a poem is meant to be read aloud, to be spoken, my lack of being able to speak it out in its original tongue, I suppose, provided an interesting intellectual challenge during a time when I was very well aware of my racial identity and the increased silence around me.

Chinese is also a tonal language.

The only comfort I could take was this: it was written in a dialect that has since disappeared—or rather, to be more precise, back then more tones existed than the four which exist today in Mandarin Chinese. Even a native speaker of today would read it "incorrectly".

Another comfort: the poem I was working on, which had so much to do with elevating the status of servants, was also about the possibilities and impossibilities of exchange. This poem, composed in Kuizhou, home to non-culturally Chinese, is, I would argue, both a trace and testament to a cultural encounter which took place. Du Fu, living in exile in these parts, was himself a stranger to this region's cultures and language. Presumably, too, the surrounding townsfolk that he had his young son read the poem aloud to would have been a gesture of some futility: the townsfolk might not understand; the young son might not have the fluency to read aloud this ornate verse reserved for poetry.

But how to understand?

Fortunately, via a friend in Singapore, I was put in touch

with Jerry, who, with no film commissions keeping him busy during the quarantine (as the line of the poem goes: a long summer with nothing to do) was only too glad to help me in my task. We met, as one does these days, over Zoom. He explained that he had studied Du Fu in school while growing up; he was China's most revered poet.

When I showed him which poem I was working on, he politely asked: this poem, are you sure? And then added, as if this might persuade me to reconsider, that Du Fu is revered as China's best poet because of the psychological dismay he suffers in his inability to serve the Emperor. Admittedly, the poem I chose, is not characteristic of Du Fu's overtly emotional and political poems. Indeed, Jerry, after a long silence, finally evaluated the poem as: very casual as if it were written to a friend describing daily stuff.

The reaction was not unexpected. In fact, what drew me to this poem was that Du Fu writes about ordinary tasks and mentions his servants—in other words, the people lying beyond the margins of the community originally presumed by elite verse. During this time, writing about one's servants was rare; furthermore, to commemorate actions like chopping trees in order to patch up a house of in T'ang poetry was unheard of. Whereas most of Du Fu's work focuses on anxieties due to the An Lushan Rebellion and his inability to serve the Court, here he constructs an entire story about his servants, who, strangely are given the role of epic adventurers, braving mountains, heat, and tigers. He elevates something of daily life, this humble task not often commemorated in the annals of history or the verses of T'ang poetry.

But I also was drawn to something I felt throughout this poem: precarity. Written in 767, Du Fu is mere years from death, suffering from malaria, deafness, poor eyesight, old age, and a persistent cough. Due to these physical ailments, coupled with concerns over lack of money, a house in need of repair, and a terrible heat—there had been a drought that summer—Du Fu's longing to travel South to see if he can reconnect with a lost brother (possibly deceased) is unable to come to fruition. Isolated from family, he resides on the fringes of the empire, in an area that is essentially strange to him (the people speak a different dialect and have different cultural rituals). And at his old age, he is vulnerable, relying upon others to survive. To feel this way in one's final years, after having produced a plethora of well-regarded poems, and poems which, one might presume could not easily be understood or appraised by the locals surrounding him, I must imagine, is humbling. His precarity I suppose reminded me of the precarity of the pandemic; but also, in my own authority to translate Du Fu's poem and then, the precarity of any translation that dares assume it is final or complete.

* * *

On our second session, I ask Jerry what his favorite line of the poem was. *Mine?* Yes, I say, and try to say why. And, straight away, he points to these lines: 蒼皮成積委, 素節相照燭 and explains that it's not just describing how the tree trunks, which the servants have cut down and hauled back to town, are piling against each other in luminosity. The meaning, he suggests, is beautiful because these lines have a deep moral undertone: the logs pile together in integrity in the senses of both structure and ethics. And they come together, shining, as this represents one's internal character, meeting another, and from the collective morality, a light gleams outwards.

I will admit, part of me is a bit sceptic—Du Fu is beloved by the Chinese for his strong ethical character—but when taught because of this, readings might interpret along those lines a little too heavily. On the other hand, it is true that Du Fu was deeply concerned with Confucianism and society. One tenet is that each age has certain "worthies", and from what I can recall, though I cannot remember from where, worthies are not ostentatious, but quite humble and simple. Hidden. Only in the presence of another worthy can the quality of worthiness shine out.

So, just as with poems generally where one must pay attention to the silences and metonymic gaps, it takes one who knows the (right) tone, a chih-yin, or reader, to recognize the worthiness in another.

Jerry goes on to explain that the 素, something pure white, shines and illuminates, as the logs gather together, in the same way as moral individuals attract one another. This makes me think of Chinese cosmology, and how cultivating one's inner character, in turn, leads to a good and just society. From this thought, my mind leaps, immediately to think of something called eremitism in medieval China, or, essentially, how scholar-hermits in China would intentionally become recluses when society was in a terrible age. A terrible age of course, was not far from my mind, but was it vain of me to think, then, of the constant posts on social media, calling for people to, in their isolating during the virus, turn to self-care and inward healing and reflection? In any case, there was a parallel between morality and the sectioning-off with poetry itself: just as the hermit is to dwell separately from society, the literary production of poetry should be couched in oblique and indirect meanings. In other words, both moral character and literary production mirror each other, and this worthiness, in its worthiness, is concealed.

* * *

Feeling at odds with this language but drawn to it because of my own displacement in my identity as an adoptee, I could only too easily empathize with Du Fu's own displacement. And the poem's topics—worrying about his home needing repairs and drawing attention to all sorts of boundaries such as walls, forbidden conditions, cities, and fences seemed to mirror my own sense of space (and confinement) during the pandemic.

It was through Jerry's efforts that I was able to cross the

boundary of a culture and a language which is at once within me and foreign to me, in order to offer up a working translation. In a strange performative re-working of the poem, I suppose one might say that I set him a task: to help turn Chinese characters, whose shapes resembled tree trunks, into material I could work with—meaning.

* * *

There is a silence which is dangerous in its hermeneutic openness. One need only return to Pound whose late silence enabled readings of the poet as a prophet or sage. Or that his silence was a way of apologizing for the violence of his words. Because so many meanings could exist, no singular one can be pointed to, his silence led to re-appropriation of his work, silence, and self. And it enabled far-right political parties to spring up; it enabled violence.

* * *

Alone in bed in the early hours of the morning, I watched friends through a screen, masked but protesting. I watched as if by watching I could bear witness to their act but also their whereabouts: I might have some evidence should they be silenced and bundled away in non-descript vans.

   Cover your tattoos. Your eyes. Turn your phone face ID off. Turn location services off. Bring water bottles. Learn how to diffuse tear gas bombs. Move away from this area – I can see another person streaming that police are gathering. All this to say, be safe. Please be safe.

Someone dared say to me, though perhaps a misunderstanding on both our parts, that the protestors were unthinking, to gather in a time of a pandemic, and risk spreading the virus. Perhaps there is another virus which has so stained the States and world, which they are fighting, I suggest. I suppose I felt vindicated when said person bashed the news of a second lockdown saying that people need to just learn to get on with their lives. Translated, it could have been, I'm tired and exhausted and I was enjoying the social chances I had. All fair. All true. How isolating and unbearable these times have been. But how far more unbearable "normal life" has always been for others. Especially for Black folx in the States. And how much more damage the virus has done to Black communities, to Latinx communities, and to the Indigenous tribes than others.

* * *

Silence, according to Maurice Blanchot, is paradoxical for when one wishes to consider the silence of silence, one can't help but think of a cry—a voiceless cry of sound—which breaks out against all utterances (and yet which no one receives). A cry which perhaps exceeds all language.

* * *

After taking us through an epic journey of tree-chopping, and then musings on politics and frailty, the last lines of Du Fu's poem speak of chrysanthemums and wine; of repaying his servants, someday in some future, with wine distilled from chrysanthemums gathered on the mountains.

Interpreting chrysanthemum, one might think of the Double Ninth Festival, a Chinese festivity replete with rituals such as drinking chrysanthemum wine in order to increase longevity and climbing up mountains clothed in ailanthus fronds. If this is the case, then perhaps one can hear Du Fu's unspoken wish—a wish we know will never happen: to be able to climb a mountain when he can barely hobble out past his fenced home, to live a little longer.

But then, that he instead wishes to offer this wine of longevity to his servants! Could that ever repay them for their efforts, for their helping him get around or helping him repair his shelter? Only if they understood this gift, this exchange, this act, as that which he intends.

Culturally distinct from Du Fu, his servants and neighbors would not likely celebrate this festival. Furthermore, Du Fu notes how instead of distilling the chrysanthemum into wine, the villagers in Kuizhou planted rows of chrysanthemums in order to fend off tigers. So, the same object bifurcates into difference, functioning as symbolic hybridity, fertilized by two distinct cultures and methods. Planting or distilling. Would they have appreciated the meaning behind the offer of wine, offered not materially, but in words read aloud to them in a different dialect by a child?

* * *

I find this paradox of both generosity and futility at the site of translation itself. The translation, as carrying-over, is a giving, opening onto new possibilities. Yet, at the same time, it suggests a futility, an impossibility, for there is always a difference, a *différance*, and as such, something untranslatable. Each utterance, then, paradoxically motioning towards both impossibility and existence; void and presence.

* * *

Opening his poem by describing a dreadfully hot summer, bored with nothing to do and in a state of longing and absence from family, it is beautiful that, in a diverging parallelism, he closes his poem with a promise of cool autumn and ale, shared amongst those that helped him, and the wine spilling over in abundance.

I'll repay you, then, when there's a slight chill: wine will overflow.

While a translation has been thought of as a diminishment from its original, it is also one instance of multiplicity, suggesting the never-ending possibilities one might find within a text. The task of translation then, if infinite, would imply that a text contains more than it can possibly contain; an over-flowing indeed.

* * *

Back home, I hear stories of Asian Americans attacked and spat on. I wonder if that will escalate here in the UK. I wonder if wearing sunglasses will not only protect me from the virus but from any slight racism here.

On social media, there are calls for people to no longer be silent. After the many murders of Black people over the summer, there is a wave of protest and awareness, calls to end police brutality and systemic racism.

A white Britisher asks me to review the various facts she's gathered: hopeful news in terrible times about race relations in the US. What about here in the UK, I think? I see condemnations, too, of Chinese Americans' silence to issues of racism and anti-Blackness. People change their profile photo to a black square. Solidarity, yes, but also performative. To what end, I wonder? The hashtags placed under the black squares ironically overflood the stream of postings, so that now the once important information of protest safety tips, locations for aid, safehouses, and links to resources are lost. The will to help often turning into a silencing itself.

* * *

I change my profile photo too. Later. On WhatsApp. To a watercolor I've made of a yellow, perching precariously on a branch. It's my Chinese name, my middle name. Golden oriole or golden voice. Perhaps one day it might sing out the right tones. In shaky handwriting I try to trace out the characters of this name.

* * *

To think of silence as a singular force is oppressive and overwhelming. And to translate silence or interpret it in any one way can be disappointing. The silence of death. The silencing of voices. To bear pain in silence. A silence which acknowledges a fault with words. A silence which opens up to that which may not have been heard before, but with imagination and patience, perhaps, opens up to new voices and new sounds. Or the silence of stillness and peace.

Perhaps like translation, one can only offer one of many possibilities, to try to speak silence. To say the unsayable. To try. Like an essay or *essai*. The attempt mattering more.

Having nothing against silence at all, still, I like to think about how Du Fu, living in an area which did not speak his language and did not share his customs gave out this poem to his young son to read aloud as a type of gift. I imagine the young boy reading it aloud in fits and starts, sounding out the poem and speaking for his father, a man approaching death and questioning what legacy he might leave behind.

Silencios
Michaela Vitagliano
translated by Sonia Herranz Martínez
and Salomé Torres Vargas

Ishi significa «hombre» en el idioma Yana. Es un nombre adoptado que un antropólogo le dio al último miembro conocido del pueblo Yahi de California. De acuerdo con la cultura Yahi, uno no puede decir su propio nombre hasta que sea presentado formalmente por otro Yahi.

Si te paras a pensarlo, resulta algo muy bello. La imposibilidad de hablar de uno mismo sin el otro; más bien, el hecho de depender del otro para hablar de ti.

Así que, cuando le preguntaban su nombre, él solo podía decir «no tengo ninguno, porque no hay nadie que me nombre».

Ishi, su nuevo nombre, sirvió para llenar ese vacío, pero solo pudo cubrir el silencio del pueblo Yahi; nunca pudo recuperar lo que se había perdido.

***

Los primeros cuatro meses de pandemia fueron especialmente solitarios. Aislada, pasé casi todo mi tiempo en un silencio monacal. Un pequeño dormitorio en la planta baja con conexión Wifi intermitente, sin cobertura, y con solo otras dos personas en los alrededores, se convirtió en mi hogar durante los muchos meses en los que la pandemia se extendió. Los días se fundían con los siguientes, y el tiempo parecía no tener sentido. Pasaba, sí, pero sobre todo, como con el silencio circundante, parecía formar una atmósfera a la que no podía dar sentido, que no podía captar. Como si ni siquiera fuera un cuerpo, solo un algo flotando en el tiempo mudo sin ningún contacto y sin nada que me pusiera los pies sobre la tierra. Esto cambió, supongo, cuando empecé a trabajar en un poema chino escrito por Du Fu (712-770), un famoso poeta clásico de la Dinastía T'ang.

Du Fu es conocido sobre todo por poemas en los que anhela profundamente servir al gobierno, pero en sus últimos años, al estar viviendo en una zona de la periferia conocida como Kuizhou, los trabajos serviles y la esfera doméstica se convirtieron en los temas de sus versos. Fue un poema específico, 課伐木, el cual traduje como «La tarea de cortar leña», el que me llamó la atención, invitándome a leerlo una y otra vez hasta que me vi obligada a ofrecer una traducción propia.

***

— ¿Hablas chino?
— No, lo siento.

Esta respuesta (mi respuesta) es una que siempre ha venido acompañada con un toque de vergüenza; nací en la provincia de Hunan, un lugar donde, curiosamente, Du Fu pasó sus últimos momentos.

Además, parezco china, por lo que la lógica común dice que debería saber este idioma. O saber algo de la cultura. La mayoría de veces sucede de forma bastante inofensiva: un taxista que se queda asombrado por mi inglés (—¡Ni un poco de acento!—), o alguien que flirtea conmigo expresando su amor por la comida china (aunque, para ser exactos, suelen referirse a la comida japonesa), a lo que yo les pregunto qué es lo que les gusta de ella; ellos fruncen el ceño y entonces plantean la pregunta que querían hacer desde un principio: —*y, ¿de dónde eres realmente?*—.

Pero crecí acostumbrada a esto. Cuando alguien me dice —*no pareces para nada estadounidense,*—, yo me río, quizá también le guiño el ojo de forma burlona, y respondo: —¡Las apariencias engañan!—. Supongo que fue más complicado a medida que crecía: rodeada de familia, cultura y lengua italianas, me identifiqué como italiana cuando nadie más, a simple vista, lo hacía.

Esta es una anécdota que se cuenta a menudo en las cenas para hacernos reír: cuando viajo a China, la gente piensa que soy la guía turística de mis padres. Se giran hacia mí, hablando. Yo sacudo mi cabeza, explico que soy estadounidense, y espero. Pero no demasiado. Todos se quedan boquiabiertos cuando mi padre, que luce ojos celestes y un bigote, les responder en un perfecto chino mandarín. Sin embargo, cuando visitamos a la familia en Italia, mi padre habla con sus primos en inglés y por teléfono adopta un acento italiano como si eso fuera a favorecer la comunicación. No estoy segura de que lo haga. Entonces hablo yo, y, de nuevo, las bocas se abren por la sorpresa cuando soy yo quien responde en italiano.

Fue hace muy poco cuando me acepté a mí misma como china (o asiática). Me pregunto si, verme a mí misma como una italiana de la cabeza a los pies (que tiene sentido teniendo en cuenta mi familia y cómo fui criada) fue también, en parte, una forma de minimizar el dolor de los comentarios racistas dirigidos hacia mí, y, de simultáneamente, afianzar la conexión con mis propios padres. Recuerdo claramente cuando, en segundo de primaria, aprendí sobre China en una clase de historia. La profesora enseñó fotografías de personas chinas y usó un bastón para señalar su cabello negro y liso, y sus «ojos rasgados»; esta expresión, que tanto me marcó en su momento, se ha convertido, irónicamente, en la forma demasiado trillada que utilizan los escritores para representar a los asiáticos en sus obras. Los motes y el acoso escolar hacían que me tumbara en la cama por las noches, y mantuviera los ojos muy abiertos hasta que empezaban a arder. Por aquel entonces, habría eliminado cualquier rastro si hubiera podido. Y así, cuando el acoso empezase, podía haber ignorado el daño diciéndoles «vuestras palabras no me hacen daño ya que ni siquiera soy asiática. Habéis pillado a la persona equivocada».

***

En un viaje de verano en la universidad, unos amigos y yo decidimos hacer reservas para cenar. Llamo y uso mi apellido.

Es un placer escucharlo correctamente pronunciado, la gli silenciosa. Pero cuando llegamos al restaurante a las 9 p.m., un amigo (alto, con el cabello castaño, un polo y mocasines) se adelanta y usa mi nombre. Como si, con mi nombre y mi habla, pero con su apariencia, pudiéramos pasar por italianos y conseguir la mejor mesa. Un silencio distinto.

***

Hacer la compra durante el primer confinamiento fue una experiencia horrorosa, creyendo que en todas partes este virus invisible podría encontrar una debilidad en mi rutina de desinfección, mi mascarilla, mi abrigo largo de invierno, mis guantes... que, de alguna forma, si no tomaba todas las precauciones, si no estaba lo suficientemente atenta, un pequeño error podría desatar el caos. En ese momento, pocos llevaban mascarillas, por lo que el tener la boca cubierta y permanecer en silencio, de algún modo, me puso en el punto de mira. A la salida, escucho —*¡china de mierda!*—. Alguien que iba conduciendo, que a propósito redujo la velocidad y que, por lo tanto, estaba reteniendo unos pocos coches detrás de él, me dirigió estas palabras. Supongo que, incluso cubierta, incluso llevando puesta una mascarilla, o quizá porque era una de las pocas personas que utilizaba una, no era inmune al racismo. Y fue fácil leer las miradas rehuyentes de los otros clientes del Tesco, o de las señoras que cambiaban de acera para evitarme. Porque, esos días, una retórica descuidada y peligrosa había

conectado este virus mortal con Wuhan, China.
***
Pero, ¿podría traducir este poema de Du Fu cuando no tengo ninguna competencia lingüística al respecto? ¿Cuál sería la ética detrás de esto? Estas cuestiones estaban particularmente cargadas debido a mi estatus liminal como una adoptada china. Según la frase italiana, *traduttore, traditore*, traducir el poema de Du Fu sin saber chino podría parecer entonces el acto más traicionero de todos.

De hecho, se podría recordar a otro estadounidense que no hablaba chino; un traidor infame. Previo a la publicación de su manifiesto imagista en 1913, Ezra Pound recibió las escolias y glosarios sobre la poesía china del señor Fenollosa. El señor Fenollosa, por su parte, había copiado fielmente los comentarios de profesores japoneses sobre la lengua china, y fue esto lo que permitió a Pound publicar sus traducciones en Cathay en 1915 para disgusto de los sinólogos. No le entusiasmaba la *idea* de transmitir un significado preciso; más bien, Pound trató de utilizar la poesía china como una base para una nueva poesía y, en esa línea, tradujo los poemas según sus teorías imagistas. Así, en contraste con las abstracciones y el palabrerío de la poesía occidental, Pound encontró en el ideograma chino una poética que priorizaba la imagen concreta. El rojo, por ejemplo, se conjuraba a su entender a partir de la combinación de estas imágenes: hierro, rosa, óxido, cereza y flamenco. Es con esta gran admiración por la idea de la lengua china y, quizás, con una total falta de vergüenza, que Pound «hizo nueva la poesía», popularizando la poesía china a un nivel generalizado para los angloparlantes, y abriendo las puertas a otra oleada de interés orientalista para los fines del modernismo angloamericano. Sus traducciones, aunque no transmitieran el mismo significado, habían ganado admiradores.

Pero me dije a mi misma que quizás al ofrecer una humilde traducción de este poema, con pleno conocimiento de que la traducción nunca pretendió reemplazar al original, de que nunca pretendió transmitir ninguna equivalencia, podría estar bien. En realidad, estaba trabajando en la pregunta «¿qué es lo que no se puede traducir?». Como cualquier otro lector de poesía sabe, la esencia tiene mucho que ver no con las palabras dadas, sino con los silencios y con los vacíos; somos conscientes de cómo la palabra se desliza fácilmente alrededor de lo que uno realmente desea decir.

*

Como no conocía mi «lengua materna», me preguntaba entonces si mi traducción, en vez de probar que nada es intraducible, podría subrayar la cuestión misma con la que la traducción debe lidiar: ¿qué se traduce?, ¿a qué responde y *hacía* qué habla una traducción?

***

El silencio último, dicen, es la muerte.

***

Considera cuánto trauma acumula alguien para perder su lengua materna.
***
Pienso en la Torre de Babel. Y pienso en lo divididos que estamos. No por las lenguas, sino por nuestros pensamientos y palabras que a menudo no permiten el espacio para escuchar a los demás. O en las cámaras de eco y las redes sociales, en cómo hay tan poco espacio para reflexionar. La cháchara incesante.

Y pienso: si solo pudiéramos entendernos los unos a los otros mejor, si de verdad intentásemos escuchar, si quisiésemos entender… una palabra que creo que transmite mejor esta idea en francés es *entendement/entendre*: entender para oír.

Sí, es un don especial: aquellos que se silencian a sí mismos con el fin de escuchar al otro, algo tan necesario para superar mucho de lo que ha estado sucediendo en la esfera política. Pero, por el contrario, la abogacía, hablar claro y con franqueza, denunciar los silencios inexcusables… esto también debe ocurrir.

La belleza en la diferencia es también otro significado de Babel; el tener múltiples lenguas en vez de una. También pienso en los tiempos en los que las palabras parecían no decir más, pero había otro lenguaje, otra posibilidad, y era esperanzador. Como las palabras solo pueden señalar su propia insuficiencia, marcar la pureza de lo indecible, quizás, antes de optar por el silencio, se podría simplemente hablar en otra lengua.

***

Como un poema es para ser leído en voz alta, para ser recitado, mi falta de habilidad para recitarlo en su lengua original supongo que supuso un reto intelectual interesante durante un tiempo en el que era muy consciente de mi identidad racial y del silencio aumentado a mi alrededor.

El chino es también una lengua tonal.

El único consuelo que pude obtener fue este: el poema estaba escrito en un dialecto que ya ha desaparecido; más bien, para ser más precisos, en ese entonces existían más tonos que los cuatro que existen hoy en el chino mandarín. Incluso un hablante nativo lo leería —incorrectamente—.

Otro consuelo: el poema en el que estaba trabajando, el cual tenía mucho que ver con elevar el estatus de los sirvientes, también hablaba de las posibilidades e imposibilidades del intercambio. Este poema, escrito en Kuizhou, hogar de chinos sin cultura, es, diría yo, tanto una huella como un testimonio de un encuentro cultural que tuvo lugar. Du Fu, que vivía en el exilio en estas zonas, era un extraño a las culturas y la lengua de esta región. Es de suponer que el hacer que su joven hijo leyera el poema en voz alta a los habitantes de los alrededores habría sido un gesto de cierta inutilidad: los habitantes locales podrían ser incapaces de entenderlo, el joven hijo podría no poseer la fluidez necesaria para leer en voz alta ese verso ornamentado reservado para la poesía.

Pero, ¿cómo entender?

Afortunadamente, a través de un amigo en Singapur, me puse en contacto con Jerry, quien, sin encargos cinematográficos que lo mantuviera ocupado durante la cuarentena (como dice el poema: un largo verano sin nada que hacer) estaba encantado de ayudarme con mi tarea. Nos conocimos, como suele hacerse en estos días, a través de Zoom. Él me explicó que había estudiado a Du Fu en la escuela; él era el poeta más venerado en China.

Cuando le enseñé el poema en el que estaba trabajando, me preguntó educadamente: —este poema... ¿estás segura?—. Y entonces añadió, como si esto pudiera convencerme de reconsiderarlo, que Du Fu es venerado como el mejor poeta de China por la angustia psicológica que sufrió debido a su incapacidad de servir al Emperador. Es cierto que el poema que he elegido no es característico de los poemas abiertamente emotivos y políticos de Du Fu. De hecho, Jerry, después de un largo silencio, finalmente evaluó el poema como muy casual, como si hubiera sido escrito *a un amigo* contándole *el día a día*.

La reacción no era inesperada. De hecho, lo que me atrajo de este poema fue que Du Fu escribiera sobre tareas ordinarias y mencionara a sus sirvientes; en otras palabras, que las personas que se encontraban más allá de los márgenes de la sociedad elitista que inundaba el verso se convirtieran en los personajes principales del mismo. Durante ese tiempo, escribir sobre tus propios sirvientes era raro; además, conmemorar acciones como cortar leña para arreglar una casa en la poesía T'ang era inaudito. Mientras que la mayor parte del trabajo de Du Fu se centraba en las angustias originadas por la Rebelión de An Lushan y su incapacidad de servir a la Corte, aquí, él construye una historia completa sobre sus sirvientes a los que, extrañamente, les otorga el papel de aventureros épicos, desafiando a las montañas, el calor y a los tigres. Él honra algo de la vida diaria, esas tareas humildes no tan conmemoradas en los anales de la historia o en los versos de la poesía T'ang.

Pero también me atrajo algo que sentí a través de este poema: la precariedad. Escrito en el 767, Du Fu se encuentra a pocos años de su muerte, sufriendo de malaria, sordera, vista pobre, edad avanzada y una tos persistente. Debido a estas dolencias físicas, acompañadas por las preocupaciones sobre la falta de dinero, una casa que necesita repararse y un calor terrible (aquel verano hubo sequía), Du Fu, que anhelaba viajar al sur para ver si podía reconectar con un hermano perdido (posiblemente fallecido), es incapaz de llegar a buen término. Aislado de la familia, reside en la periferia del imperio, en un área que es esencialmente extraña para él: la gente habla un dialecto distinto y celebra diferentes rituales. Y a su avanzada edad, vulnerable, depende de otros para sobrevivir. Debe ser humillante sentirse de esta forma en tus últimos años, después de haber creado una plétora de poemas muy apreciados y que, se podría presumir, no son fácilmente entendibles o estimados por los locales a su alrededor. Supongo que su precariedad me recordó a la precariedad propia de la pandemia, pero también, a la de mi propia autoridad para traducir la poesía de Du Fu y, también, a la precariedad de cualquier traducción que se atreviera a asumir que es definitiva o completa en sí misma.

***

Durante nuestra segunda sesión, le pregunto a Jerry por su verso favorito del poema. —¿*El mío?*— —Sí—respondo—y explica por qué». Y, de inmediato, señala estos versos: 蒼皮成積委, 素節相照燭, y aclara que no solo describen cómo los troncos de los árboles, que los sirvientes han cortado y transportado de vuelta al pueblo, se amontonan unos contra otros y se iluminan. Jerry plantea que el significado de estos versos es hermoso gracias a su profundo trasfondo moral. Los troncos se apilan íntegramente, lo que alude tanto a su estructura como a su virtud. Al unirse, se iluminan. El brillo surge cuando el carácter interno de uno se junta con el de otro y se forma así una moral colectiva que emana luz.

Debo admitir que una parte de mí no está del todo convencida. La población china aprecia a Du Fu por su gran carácter ético, pero cuando se le estudia por esta razón, las lecturas de sus poemas tal vez se centran demasiado en este aspecto.

No obstante, es cierto que Du Fu estaba muy interesado en el confucianismo y la sociedad. Uno de los principios confucianos gira entorno a la existencia de ciertos «sabios» en cada época. Por lo que recuerdo, aunque no sé de dónde, los sabios no son ostentosos, sino bastante humildes y sencillos. Están escondidos. La cualidad de la sabiduría sobresale únicamente cuando un sabio se encuentra en presencia de otro.

Por ello, como sucede generalmente en los poemas en los que hay que prestar atención a los silencios y a los desplazamientos metonímicos, hace falta alguien que conozca el tono (correcto), un *chih-yin* o lector, para reconocer el valor del autor. Jerry procede a explicar que el 素, algo blanco puro, se ilumina cuando se juntan los troncos, de la misma manera que las personas morales se atraen entre sí. Esto me hace reflexionar sobre la cosmología china y cómo cultivar el carácter interno de cada uno conduce a una sociedad buena y justa. A raíz de este pensamiento, mi mente inmediatamente se vuelca a pensar en el *eremitismo* de la China medieval, o, básicamente, en cómo los ermitaños eruditos en China se convertían de manera intencionada en reclusos cuando la sociedad se enfrentaba a una época nefasta. Otra época terrible me ronda por la cabeza, pero ¿es vanidoso compararlo con las constantes publicaciones en las redes sociales que recomiendan recurrir al cuidado personal, la curación interior y la reflexión durante el confinamiento de la pandemia? De todas formas, existe un paralelismo entre la moral y el aislamiento con la propia poesía: al igual que el ermitaño debe morar al margen de la sociedad, la producción literaria del poema debe formularse con significados figurados e indirectos. Es decir, tanto el carácter moral como la producción literaria se reflejan mutuamente, y esta sabiduría se oculta de sí misma.

***

Al chocar con este lenguaje, pero a su vez sentirme atraída hacia él debido a mi desplazamiento en mi identidad como adoptada, pude empatizar fácilmente con el desplazamiento de Du Fu. Y los temas del poema (la preocupación por la necesidad de reparar su casa y la atención a todo tipo de barreras como muros, prohibiciones, ciudades y vallas) parecían reflejar mi propio sentido espacial (y sensación de aislamiento) durante la pandemia.

Gracias al esfuerzo de Jerry he cruzado la frontera de una cultura y un idioma que me resulta familiar y extraño al mismo tiempo con el fin de ofrecer una traducción dinámica. En una peculiar reelaboración performativa del poema, supongo que se podría decir que le he encomendado una tarea: ayudar a convertir los caracteres chinos, cuyas formas se asemejan a troncos de árboles, en un material con el que pueda trabajar: el significado.

***

Hay un silencio que es peligroso por la gran cantidad de

posibilidades hermenéuticas que habilita. Basta con fijarse en Pound, cuyo silencio tardío ha llevado a que se le considere un profeta o un sabio. Su silencio también ha permitido la violencia de sus palabras. Dado que pueden existir tantos significados, sin que pueda señalarse uno singular, su silencio ha dado lugar a la reapropiación de su obra, de su silencio y de sí mismo. En su tiempo, ese silencio posibilitó que surgieran partidos políticos de extrema derecha; posibilitó la violencia.

***

Sola en la cama, a primera hora de la mañana, observaba a mis amigos a través de una pantalla, enmascarados pero protestando. Los contemplaba como si al verlos pudiera dar testimonio de sus acciones, y también de su paradero; podría disponer de una prueba en caso de que los silenciaran y se los llevaran en una de esas furgonetas que pasan desapercibidas. Tapaos los tatuajes. Los ojos. Desactivad el reconocimiento facial del teléfono. Desactivad los servicios de ubicación. Llevad botellas de agua. Alejaos de esta zona; veo a alguien transmitir que la policía se está reuniendo. Lo que quiero decir es: tened cuidado. Por favor, tened cuidado.

Alguien se atrevió a decirme, aunque quizás se tratara de un malentendido por parte de ambos, que los manifestantes eran irresponsables por haberse reunido durante una pandemia y así haberse arriesgado a propagar el virus. —Tal vez existe otro virus contra el que están combatiendo que también ha afectado a los Estados Unidos y al mundo—. Supongo que me sentí reivindicada cuando dicha persona criticó la noticia de un segundo confinamiento y señaló que la gente tiene que aprender a seguir haciendo su vida. Lo que traducido sería —estoy agotado y estaba disfrutando de las oportunidades sociales de las que disponía—. Todo razonable. Todo cierto. Qué época tan aisladora e insoportable hemos vivido. Pero la «vida normal» siempre ha sido mucho más insoportable para otras personas. Especialmente para la comunidad negra LGTB+ en los Estados Unidos. Y el virus ha causado mucho más daño a las comunidades negras, a las comunidades latinxs y a las tribus indígenas que a otras poblaciones.

***

El silencio, según Maurice Blanchot, es paradójico, ya que cuando se quiere considerar el silencio del silencio, es inevitable pensar en un grito, un grito mudo que estalla contra todos los enunciados y que, sin embargo, nadie percibe. Un grito que, tal vez, supera todo lenguaje.

***

Después de un viaje épico en el que se cortan árboles y se reflexiona sobre la política y la fragilidad, los últimos versos del poema de Du Fu tratan sobre los crisantemos y el vino; sobre la posibilidad de recompensar a sus sirvientes, algún día en el futuro, con vino destilado de crisantemos recogidos en las montañas.

Al interpretar el crisantemo se podría pensar en el Festival del Doble Nueve, una festividad china repleta de rituales como beber vino de crisantemo para aumentar la longevidad y subir a las montañas vestidos con ramas de ailanto. De ser así, tal vez se pueda escuchar el deseo tácito de Du Fu, un deseo que nos consta que nunca se cumplirá: poder escalar una montaña para vivir unos años más, cuando apenas podía salir cojeando de su vivienda cercada.

Pero, en cambio, ¡quiere ofrecer este vino de la longevidad a sus sirvientes! ¿Podría eso recompensarlos por sus esfuerzos por haberle ayudado a desplazarse o a reconstruir su refugio? Si tan solo interpretaran correctamente lo que Du Fu pretendía con este regalo, este intercambio, este acto...

Al pertenecer a una cultura diferente a la de Du Fu, es probable que sus sirvientes y vecinos no celebraran esta fiesta. Además, Du Fu observa cómo en lugar de destilar el crisantemo para elaborar el vino, los aldeanos de Kuizhou plantan hileras de crisantemos para ahuyentar a los tigres. Así, el mismo objeto se bifurca por sus diferencias, y genera una hibridez simbólica fecundada por dos culturas y métodos distintos. Plantar o destilar. ¿Apreciaron el significado que encierra la ofrenda del vino, un vino ofrecido no de forma material, sino con palabras que un niño les leyó en voz alta en un dialecto diferente?

***

Esta paradoja de generosidad e inutilidad la encuentro en el terreno de la propia traducción. La traducción, vista como una transferencia, constituye una entrega, una apertura a nuevas posibilidades. Pero, al mismo tiempo, apunta a una futilidad, a una imposibilidad, pues siempre hay una diferencia, una *différance*, y como tal, algo intraducible. Por tanto, cada enunciado se encamina paradójicamente hacia la imposibilidad y la existencia; el vacío y la presencia.

***

Tras comenzar su poema con la descripción de un verano extremadamente caluroso, aburrido sin nada que hacer y añorando y alejado de la familia, es hermoso que, a través de un paralelismo divergente, Du Fu concluya su poema con una promesa de otoño fresco y de cerveza compartida entre los que le ayudaron, y el vino derramándose a raudales.

—*Te recompensaré cuando haga un poco de frío: el vino desbordará*—.

Aunque se considera que una traducción implica una merma del original, la traducción también se trata de un ejemplo de multiplicidad, lo que apunta a las infinitas posibilidades que pueden encontrarse en un texto. La tarea de traducción, por tanto, si fuera infinita, conllevaría que un texto abarcara más de lo que puede contener; un desbordamiento.

***

En mi país escucho historias de chinoamericanos a los que se ataca y escupe. Me pregunto si eso se intensificará aquí en

Reino Unido; si llevar gafas de sol me protegerá del virus, así como de cualquier mínima muestra de racismo. En las redes sociales se insta a la gente a no quedarse callada. Tras los numerosos asesinatos de personas negras durante el verano ha surgido una oleada de protestas, concienciación y llamamientos para acabar con la brutalidad policial y el racismo sistémico.

Una británica blanca me pide que revise los diversos datos que ha recopilado: noticias esperanzadoras para las relaciones raciales en Estados Unidos en una época aciaga. ¿Y aquí en Reino Unido? Veo cómo se condena al silencio de los chinoamericanos ante los problemas de racismo y antinegritud. La gente sustituye su foto de perfil por un cuadrado negro. Solidaridad, sí, pero performativa. Me pregunto: ¿con qué fin? De manera irónica, los hashtags colocados bajo los cuadrados negros desbordan el flujo de publicaciones de modo que ahora se pierde la información previamente importante sobre consejos de seguridad para las protestas, lugares de ayuda, refugios y enlaces a recursos. La voluntad de ayudar se convierte a menudo en un silenciamiento.

***

Más tarde, yo también cambio mi foto de perfil en WhatsApp por una acuarela que he pintado de un canario posado frágilmente en una rama. Es mi nombre chino, mi segundo nombre. Oropéndola dorada o voz dorada. Tal vez un día pueda

entonar los tonos adecuados. Con la mano trémula intento trazar los caracteres de este nombre.
***
Concebir el silencio como una fuerza individual resulta opresivo y abrumador. Y traducir el silencio o interpretarlo de una sola manera puede provocar decepción. El silencio de la muerte. El silencio de las voces. Soportar el dolor en silencio. Un silencio que reconoce el silencio de las palabras. Un silencio que se abre a lo que quizás no se haya escuchado antes, pero que, con imaginación y paciencia, podría incluir nuevas voces y nuevos sonidos. O el silencio de la calma y la paz.

Tal vez como la traducción, uno puede ofrecer únicamente una de las muchas posibilidades para intentar hablar del silencio. Decir lo indecible. Intentarlo. Como un ensayo o essai. El intento importa más.

Aunque no tengo nada en contra del silencio, me gusta reflexionar sobre cómo Du Fu, que vivía en una zona en la que no se hablaba su lengua y no se compartían sus costumbres, entregó este poema a su hijo como una especie de regalo para que lo leyera en voz alta. Me imagino al niño leyendo en voz alta, entrecortado, pronunciando el poema y hablando en nombre de su padre, un hombre al que la muerte se le echa encima y que se pregunta qué legado va a dejar.

Unmask Me
Denise Monroe

I lay in the bath and flicked through the apps on my phone. It had been a strange day. One of the films I'd had to archive was *Love Actually*, a romance that was popular way before the first pandemic; couples meeting, kissing, fighting, making up. Usually my job didn't bother me but today I felt unsettled. It had been a long time since anyone had hugged me.

I unclipped the lip cover of my mask and sipped from my beaker of whisky. The peaty richness warmed my insides, but I still felt empty. I opened Hook Up and I swiped left and then left and then left again. The trouble was that they all looked the same. Everybody wore the upgraded masks now which showed the outline of the jaw but kept the mouth hidden. You never knew if they kept them on because they were shy or because they had something to hide.

I was about to give up when I saw her. I'd scrolled right past and had to do a quick retrieval. There she was. Big brown eyes, all sort of watery and full of understanding. I liked the way she wore her hair too, swept back a bit so you could see her forehead. Nice, not too heavily lined but I could tell she was expressive. I pressed like before I could talk myself out of it. Almost immediately my phone trembled and a red heart throbbed on my screen. The date alert came through a few seconds later. She obviously had classy credentials because we'd been booked in for the next night at Pastiche, the posh place down by the river. I sucked my drink and mulled over what I'd wear. It would have to be cashmere, so soft she wouldn't be able to resist.

Even though I left in plenty of time, even though I was early, my hands were itching with nerves when I arrived at the restaurant. The waiter took me straight to my bubble and I ordered a beer before I'd even sat down. They'd done it up well. A lot of the older restaurants had added partitions over the years and were looking a bit tired but this one was a new build, no sign of the make-do-and-mend of the last century. Each table was within its own smoked Perspex sphere with an interior screen that divided the table. Prisons used to have partitions like that to prevent touching. It was a punishment. Now it's a way of life. The wooden décor of the walls was a bit Scandi-chic and the glow of the glass added the nautical grandeur of the Titanic. The beer arrived before I got sunk in that simile.

I was distracted by a phone alert about a new exhibition: *Love in the Time of Pandemic—a Retrospective of Eugene Wilson*. He'd been banned in the twenties for his depiction of the evolved face of humankind: a series of pictures of celebrities with the faces he forecast for their future; all huge foreheads and tiny mouths. Funny that.

There was a discreet cough from the other side of the partition and there she was, snuck in so quietly I hadn't heard a thing. She was more gorgeous than the screen had shown with the liquid chocolate eyes of my dreams.

'Hello', she said.

It was a bit muffled, so I turned up the volume pad on my side. The hint of a blush rose above her mask line. Cute.

'Anything interesting?' she nodded towards my phone.

'I was just reading about the Wilson retrospective.'

'At the Gallery?' She wore a silk dress cinched in at the waist in the old style and it shimmered across her breasts as she sat down. Her mask was one of the new generation, sheer and sexy. The fabric tightened over her lips as her mouth formed words and hinted at the deliciousness of her mouth.

'That's the one.' I tried to impress her with my academic voice.

'What do you think then? About his ideas?'

She was smart and that could be dangerous. I kept my end goal in mind and smiled.

'Well, none of it came true, which I suppose is a good thing.'

Her glance skidded to her phone which I took as a cue to order her a drink.

'So,' I had to keep her on side, 'What is it that you do?'

'You promise you won't laugh,' she locked her look into my eyes.

'Of course not.' I was intrigued and a little scared of her.

'I'm a dentist.'

I freed my eyes from her stare and scratched my palm.

'You said you wouldn't laugh.'

'I'm not laughing.' I made my eyes serious and looked at her again.

'You want to, though, don't you?'

'I'm sorry. It's just that...'

'I know. My parents went mad when I told them what I wanted to be. But they fascinate me. Teeth, I mean.'

I lost my teeth a long time ago, lack of use, my old dentist had said, typical of my generation. I don't miss them, they were always cracking and breaking and who wants the bother of all that? Although I didn't tell her that.

'Is there much work?'

'It's mostly implants now but there's a lot of research going on.' The way she unclipped her lip cover and sucked on her straw made me want to reach through the Perspex and touch her.

'Have you heard about the babies?'

Everyone had heard about the babies. It was in the fifth lockdown towards the end of 2021 that they'd started to appear: shortened or missing limbs, organs outside of the body, some without eyes, one without a head, and it had become apparent that the vaccine was to blame. There had been enforced terminations and that had been the final straw, the trigger for the rebellion.

'That's history,' I said.

'Not that. It's like the Eugene Wilson thing.' She moved closer to the screen and whispered into the microphone. 'Their mouths are getting smaller.'

My hand stopped itching and I moved in as close as she was. I imagined the smell of her. Hot chocolate and marshmallows. 'How?'

'Exactly. That's what we're trying to figure out. We noticed it a few years ago. When the teeth come there are fewer of them. But worse than that, when the milk teeth go, new teeth don't come. That's it. No more teeth, smaller mouths.'

The waiter tapped on the side of the bubble and we both jolted upright as though caught in a conspiracy. We rushed a look at our phones and ordered. I chose steak because they never send that in the food packs. She opted for a more genteel chowder.

'What do you do?' she cocked her head to one side and smiled her eyes at me.

This is where it got tricky. I desperately wanted her to choose me. I didn't want to put her off before I'd had a chance, but I never quite knew how people would take it. I decided to risk it.

'I'm an archivist.' I paused as her eyes shifted with thought. 'In the digital section at the museum. Films specifically.'

Understanding crinkled her forehead. 'Oh, I see.' She sipped her drink. 'So, porn then?'

I knew I shouldn't have told her. 'That's the misconception. I like to think of it as a cross between art and anthropology.'

'How exactly?'

'It's fascinating watching them.' Now that I'd started there was no holding me back. 'It's hard to believe that it's only our grandparent's generation. These characters walk hand in hand, kiss mouth to mouth, smile, laugh, eat. And not just indoors. Outside too. It's incredible what they got up to.'

'Like I said: porn.'

'No, it's not like that. You know what it is?'

She didn't answer just raised her eyebrows, in disgust or curiosity I couldn't tell.

'It's sad. Can you imagine a time when you just went to one of those pubs? You know, just walked in and ordered a drink and spoke to random strangers? People with full faces and smiles. They even held hands.'

'We can hold hands.'

'I know we can.' I'd said too much. 'I guess it would be nice to be spontaneous, that's all.'

Our food arrived and spared me an awkward silence. My steak smoothie was red and thick, garnished with some leaf or other and served with an extra wide straw. The yellow of her fish chowder brought out the gold flecks in her eyes and she sparkled at me as she supped.

She must have rated me five stars because my phone pinged as they cleared the dessert glasses. Touch had been approved. She fingered the edge of her mask and my palms started to sweat.

'We could go now,' she said. 'They have mating rooms at the hospital. I get priority.'

There was a car waiting for us. We each took a side and my legs trembled with anticipation and fear. I couldn't speak. Maybe she would go off me between here and the hospital and the whole evening would have been a waste of my time.

We drove along the Embankment and up through the Old Town. I'd stopped coming here long ago. After the first wave, the homeless had taken over the empty shops. The violence of The Clearing wasn't really talked about anymore, but the evidence was still there. The old boarded up buildings still carried the scorch marks of the fires and there were bullet scars in the brickwork. Only the night people came here now.

In contrast the hospital was clean and bright. She went ahead of me to arrange the tests and I waited to be called. Five minutes later we stood facing each other in a small room scented with lavender. There was a bed against the wall and a cabinet in the corner with a vase of what I presumed were plastic flowers alongside a worrying box of tissues. Soft rock played over the loudspeakers. I felt like a twelve-year-old boy again. I didn't know where to look or what to do or how to do it. But I knew I wanted it.

She made the first move; a small step towards me, a hand on my arm.

'I've been wanting to do that all night,' she said. 'Cashmere?'

I couldn't speak but my nerve endings were singing as she rubbed her hand against the soft wool of my sweater.

'Don't be shy.' She took my hand and gently placed it onto her hip. The silk was softer than I'd imagined and the heat from her body eased the itching in my palms.

'Unmask me,' she whispered.

I was surprised how fast this was moving. My upper lip was sweating, and I feared my mask would leak. I said, 'We don't have to rush things.'

'I want to.' Perhaps it was all that talk about my work. She reached behind my head and unclipped me.

My hands twitched and my face glowed with shame and

anticipation. I hadn't unmasked in front of anyone for a long time and was conscious of my low-grade implants.

'It's okay, I'm a dentist you know.' There was a twinkle in her voice, and I relaxed in the knowledge that she'd seen it all before. My skin tingled as she gently freed it to the air.

'Not bad,' her eyes smiled and my heart lurched in appreciation.

Her mask fell away easily. She had full lips, like in the films, and when she smiled, she revealed a row of perfect white teeth. We could make beautiful babies. We stood brow to brow and breathed in our evening: the creamy fishiness of chowder and the tang of white wine, the richness of chocolate and the dirty earth of coffee.

She led me to the bed and a thrill of excitement zipped up my spine as though she was undoing me with her fingertips.

Afterwards was always my favourite bit. We just lay there, stroking each other. The feel of her made me want to cry. I could have stayed like that all night, but the lights began to brighten and the music stopped. Our time was up. We dressed and I helped her with her mask, and we walked through reception together. Outside, it was as though nothing had happened.

'Will you let me know?' I said.

'You'll get a notification,' she said as she opened the door of the waiting car.

'Well,' my eyes smiled, 'Goodbye then.'

She nodded her head and was gone.

Desmascárame
Denise Monroe
translated by Paula López García
and Olivia Serret Sanz

Recostado en la bañera, les eché un vistazo a las aplicaciones del móvil. Había sido un día extraño. Uno de los títulos que había tenido que archivar era *Love Actually*, una película romántica que había sido famosa mucho antes de la primera pandemia: parejas que tenían citas, se besaban, se peleaban, se reconciliaban. Normalmente mi trabajo no me molestaba, pero ese día me había hecho sentir incómodo. Hacía mucho que nadie me abrazaba.

Me desabroché el cubrelabios de la máscara y bebí de mi vaso de whisky. El sabor rico y ahumado del licor me caldeó por dentro, pero seguí sintiéndome vacío. Abrí *Hook Up* e hice *swipe left* una vez, y otra, y otra. El problema era que todas parecían iguales. Ahora todo el mundo llevaba las máscaras mejoradas que dejaban ver el contorno de la mandíbula pero que mantenían la boca oculta. Era difícil saber si se la dejaban puesta por timidez o porque tenían algo que ocultar.

Estaba a punto de darme por vencido cuando la vi. Ya había pasado de largo su perfil, así que tuve que volver atrás rápidamente. Ahí estaba. Grandes ojos marrones, brillantes y llenos de comprensión. También me gustaba cómo llevaba el pelo, ligeramente retirado del rostro, de manera que se le veía la frente. Me gustaba el hecho de que no tuviese las líneas de expresión demasiado marcadas, pero aún así pareciese muy expresiva. Le di al "me gusta" antes de que pudiera cambiar de idea. Casi al momento me vibró el móvil y un corazón rojo apareció latiendo en la pantalla. La notificación para la cita llegó al cabo de unos segundos. Se veía que era una chica con clase, porque la reserva era para la noche siguiente en Pastiche, un sitio elegante junto al río. Le di otro sorbo a la bebida y pensé en qué me iba a poner. Tendría que ser algo de cashmere, tan suave que sería incapaz de resistirse.

A pesar de que había salido con tiempo, entré al restaurante con los nervios a flor de piel. El camarero me llevó directamente a mi burbuja y pedí una cerveza incluso antes de sentarme. Lo tenían muy bien montado. Con el tiempo, gran parte de los restaurantes antiguos habían optado por poner separadores, dándoles un aspecto un poco deslucido, pero este era de nueva construcción y no había rastro de las adaptaciones de espacios tan características del último siglo. Cada mesa se encontraba dentro de su propia esfera de metacrilato ahumado, con una pantalla interior que la dividía. Las cárceles solían tener este tipo de separaciones para evitar el contacto. Era un castigo. Hoy es una forma de vida. La madera de las paredes le daba al restaurante un estilo escandinavo y el resplandor de las burbujas le añadía una grandeza náutica propia del Titanic. La cerveza llegó antes de que me hundiese en la metáfora.

Me distrajo una notificación en el móvil sobre una nueva

exposición: "El amor en los tiempos de la pandemia: Una retrospectiva de Eugene Wilson". En los años veinte le habían censurado por la representación que hizo sobre la evolución del rostro humano: una serie de retratos de famosos con el aspecto que él predecía que tendrían en el futuro, con frentes gigantescas y bocas diminutas. Tiene gracia.

Escuché un carraspeo discreto desde el otro lado de la división. Ahí estaba ella, se había acercado tan sigilosamente que no me había dado cuenta. Con esos ojos color chocolate de ensueño, era aún más guapa de lo que me había parecido en pantalla.

—Hola —dijo.

Sonaba un poco amortiguada, así que subí el volumen de mi lado. Una sombra de rubor se insinuó por encima del borde de su máscara. Qué monada.

—¿Algo interesante? —dijo, señalando mi móvil con un gesto de barbilla.

—Solo estaba leyendo sobre la retrospectiva de Wilson.

—¿La de la Galería Nacional?

Llevaba un vestido de seda ceñido a la cintura a la antigua que resplandeció sobre su pecho cuando se sentó. La máscara que llevaba era una de nueva generación, vaporosa y sexy. La tela se tensaba sobre sus labios al hablar e insinuaba la jugosidad de su boca.

—Esa misma. —Intenté impresionarla con mi voz

de intelectual.

—¿Y tú qué piensas sobre sus ideas?

Era lista y eso podía ser peligroso. Recordando mi objetivo final, le sonreí.

—Bueno, al final ninguna se hizo realidad, lo que supongo que es algo bueno.

Le echó un vistazo a su teléfono y lo tomé como una señal para pedirle algo de beber.

—Bueno—Tenía que mantener su atención—, ¿a qué te dedicas?

—Prométeme que no te vas a reír —dijo, mirándome fijamente a los ojos.

—Claro que no. —Me intrigaba a la par que me asustaba.

—Soy dentista.

Retiré la mirada y me rasqué la palma de la mano.

—Has dicho que no te ibas a reír.

—No me estoy riendo. —Puse cara seria y volví a mirarla.

—Pero quieres hacerlo, ¿a que sí?

—Lo siento, es que…

—Lo sé. A mis padres casi les da algo cuando les dije a lo que me quería dedicar. Pero es que me fascinan. Los dientes, digo.

Yo perdí los dientes hace mucho tiempo, mi dentista dijo que por la falta de uso, algo típico de mi generación. No los echaba de menos, siempre los tenía partidos o rotos, y ¿quién quiere todas esas molestias? Aunque eso no se lo dije a ella.

—¿Hay mucho trabajo?

—Implantes, sobre todo, pero ahora hay mucha investigación. La forma en la que se desabrochó el cubrelabios y bebió de la pajita hizo que quisiera atravesar el metacrilato con la mano y tocarla.

—¿Has oído lo de los bebés?

Todo el mundo había oído lo de los bebés. Pasó por primera vez en el quinto confinamiento, a finales de 2021: les faltaban extremidades o las tenían más pequeñas de lo normal, tenían órganos fuera del cuerpo, unos nacían sin ojos, otro nació sin cabeza, hasta que se hizo evidente que era por culpa de la vacuna. Llegó un momento en el que el gobierno obligó a las mujeres a abortar y aquello fue la gota que colmó el vaso, el desencadenante de la rebelión.

—Eso es historia —dije.

—No me refiero a eso. Es como lo de Eugene Wilson. —Se acercó a la pantalla y susurró al micrófono—. Cada vez tienen las bocas más pequeñas.

La mano dejó de picarme y me acerqué tanto como ella a la mampara. Imaginé su olor. Chcoloate caliente con nubes de azëcar.

—¿Cómo?

—Exacto. Eso es lo que estamos tratando de averiguar. Nos dimos cuenta hace un par de años: les salen menos dientes. Y lo que es peor, cuando se les caen los de leche, no les salen los definitivos. Y ya está. Así que, si no hay dientes, la boca se hace más pequeña.

El camarero dio un toque en el lado de la burbuja y ambos nos incorporamos de golpe, como si nos hubiesen pillado conspirando. Le echamos un vistazo a nuestros móviles y pedimos. Yo elegí un filete, porque nunca lo mandan en los paquetes de comida. Ella optó por una sopa de pescado, una elección mucho más fina.

—¿Y tú a qué te dedicas? Ladeó la cabeza y me sonrió con los ojos.

Aquí era donde la cosa se complicaba. Quería desesperadamente que me eligiese. Nunca sabía cómo se lo iba a tomar la gente y no quería meter la pata antes de tener una oportunidad. Decidí arriesgarme.

—Soy archivista. —Hice una pausa mientras veía en sus ojos cómo procesaba la información—. En la sección digital del museo. De películas, en concreto.

Cuando lo entendió frunció el ceño.

—Ya… —Tomó un sorbo de su bebida—. O sea, porno, ¿no?

Sabía que no tendría que habérselo dicho.

—Eso es lo que la gente cree, pero a mí me gusta considerar las películas una mezcla entre arte y antropología.

—¿En qué sentido?

—Verlas es fascinante. —Ahora que había empezado a hablar no había quien me parase—. Es difícil creer que tan solo sea la generación de nuestros abuelos. Los personajes pasean de la mano, se besan en la boca, sonríen, se ríen, comen. Y no solo en casa, también en la calle. Es increíble las cosas que llegaban a hacer.

—Lo que yo decía: porno.

—No, no tiene nada que ver con eso. ¿Pero sabes lo que sí que es? —No respondió, solo enarcó las cejas, no sabría decir si con asco o con curiosidad—. Es triste. ¿Te puedes creer que hubo un tiempo en el que podías ir y simplemente entrar en uno de esos bares? Ya sabes, entrabas, pedías una bebida y te ponías a hablar con cualquier desconocido. Gente a la que le podías ver toda la cara, verles sonreír. Incluso se cogían de las manos.

—Nosotros también podemos cogernos de las manos.

—Ya sé que podemos. —Había dicho demasiado—. Supongo que estaría bien poder hacerlo de forma espontánea, eso es todo.

La comida llegó y me ahorró un silencio incómodo. Mi batido de filete era rojo y denso, decorado con algún tipo de hoja y servido con una pajita extra ancha. El color amarillo de su sopa de pescado hizo resaltar las motas doradas de sus ojos. Estaba resplandeciente.

Debía de haberme dado cinco estrellas, porque me sonó el móvil mientras se llevaban los vasos del postre. El contacto físico había sido aprobado. Toqueteó el borde de su máscara y a mí me empezaron a sudar las palmas de las manos.

—Ya podemos irnos —dijo—. Tienen salas de apareamiento en el hospital. Tengo prioridad.

Había un coche esperándonos. Nos montamos cada uno por un lado y me empezaron a temblar las piernas de anticipación y miedo. No podía hablar. Podía ser que se arrepintiese de allí al hospital y que toda la tarde hubiese sido una pérdida de tiempo.

Fuimos en coche a lo largo de la orilla del Támesis y a través del casco antiguo de la ciudad. Había dejado de salir por aquella zona hacía mucho tiempo. Tras la primera ola, los indigentes se habían hecho con las tiendas vacías de por allí. Ya no se hablaba de la violencia de La Purga pero aún quedaban indicios de ella. Los tablones de madera usados para tapiar los edificios estaban todavía chamuscados por el fuego y las fachadas de ladrillo aún tenían agujeros de bala. Ya solo iban allí los nocturnos.

En contraste, el hospital estaba limpio y bien iluminado. Se adelantó para tramitar las pruebas y yo esperé a que me llamasen. Cinco minutos después estábamos de pie el uno frente al otro en una habitación pequeña que olía a lavanda. Había una cama pegada a la pared y, en la esquina, una vitrina con un jarrón lleno de lo que parecían ser flores de plástico junto a una preocupante caja de pañuelos. Rock suave sonaba a través de los altavoces. Me sentí como si volviese a tener doce años. No sabía a dónde mirar, qué hacer o cómo hacerlo. Pero sabía que quería hacerlo.

Ella dio el primer paso: avanzó ligeramente hacia a mí y me puso una mano en el brazo.

—Llevo toda la noche queriendo hacer esto —dijo—. ¿*Cashmere*?

No podía hablar, pero se me puso la piel de gallina mientras frotaba su mano contra la agradable lana de mi jersey.

—No seas tímido. —Me cogió la mano y la colocó con suavidad sobre su cadera. La seda era más suave de lo que había imaginado y el calor de su cuerpo alivió el picor que sentía en las palmas de las manos—. Desmascárame —susurró.

Me sorprendía lo rápido que estaba pasando todo. Me sudaba el labio superior y temí que la humedad traspasase la mascarilla.

—No tenemos que ir tan deprisa —dije.

—Quiero hacerlo.

Quizá era por la conversación sobre mi trabajo. Llevó las manos detrás de mi cabeza y me desabrochó la mascarilla. Me temblaron las manos y me ruboricé de vergüenza y anticipación. No me había quitado la máscara delante de nadie en mucho tiempo y era consciente de la mala calidad de mis implantes.

—No te preocupes, sabes que soy dentista. —Había complicidad en su voz y me relajé al saber que habría visto de todo. Sentí un hormigueo en la piel a medida que la descubría al aire.

—No está mal. —Me sonrió con los ojos y mi corazón dio

una sacudida de gratitud.

Nos deshicimos de su máscara con facilidad. Tenía los labios carnosos, como en las películas, y cuando sonreía revelaba una hilera de dientes blancos y perfectos. Podríamos tener unos bebés preciosos. Nos quedamos frente a frente respirando el aroma de la velada: la cremosidad de la sopa de pescado, el regusto del vino blanco, la riqueza del chocolate y el sabor terroso del café.

Me guio hasta la cama y un escalofrío de emoción me recorrió la espalda, como si me deshiciese con las puntas de los dedos.

La parte que más me gustaba siempre era la de después. Nos quedamos tumbados, acariciándonos el uno al otro. El hecho de sentirla hizo que me entrasen ganas de llorar. Me podría haber quedado así toda la noche, pero las luces empezaron a aumentar y la música dejó de sonar. Nos habíamos quedado sin tiempo. Nos vestimos y yo la ayudé a ponerse la máscara. Caminamos hacia la recepción juntos. Fuera, era como si nada hubiese ocurrido.

—¿Me avisarás? —dije.

—Recibirás la notificación —dijo mientras abría la puerta del coche que la esperaba.

—Bueno —Sonreí—, pues adiós, entonces.

Asintió con la cabeza y se fue.

UNMASKED WRITINGS:
MUTED VOICES

HISTORIAS DESCONFINADAS:
VOCES ACALLADAS

First published by Egg Box Publishing, 2021
Part of the UEA Publishing Project Ltd. International © retained by individual authors. This book is sold subject to the condition that it shall not, by way of trade or otherwise, be lent, resold, hired out, stored in a retrieval system, or otherwise circulated without the publisher's prior consent in any form of binding or cover other than that in which it is published and without a similar condition including this condition being imposed on the subsequent purchaser.

ISBN: 978-1-913861-36-0
Printed and bound in the UK
Designed and typeset by Anna Brewster / annabrewster.co.uk

Project Coordinators
Bruno Echauri Galván—University of Alcalá
Maria Gómez Bedoya—University of East Anglia PPL
Silvia García Hernández—University of Alcalá
Lorena Silos Ribas—University of Alcalá
KR Moorhead—University of East Anglia LDC

Project Editor/Proofreader
Antonela Pallini Zemin

Editorial Assistants
Kieran Devlin & Martha Griffiths